Georg Ried

Lachet Leit und hand a Freid

Franz Brack Verlag, Altusried

Umschlag und Illustrationen: Eberhard Neef

Texte: Georg Ried,
Weiherweg 9, 87662 Markt Kaltental
Telefon/Fax 08345/1204

1. Auflage
ISBN 3-930323-20-6

Zugspitzstraße 2a, 87452 Altusried
Telefon 08373/9205-20

Lachet Leit und hand a Freid,
nemmet ui a bissle Zeit
für Humor und Heiterkeit,
weil´s bei Gott nix G´sünders geit,
als ab und zua an nette Sache
si so richtig krank zum lache.

INHALTSVERZEICHNIS

Wenn's kalt isch, mit viel Eis und Schnea,
und dia drei König kommet hea
auf B'such zu eiserm Jesuskind,
wenn's nui Jauhr si no it recht findt,
weil manches no beim Alte isch,
und d' Johrszahl, dia isch no ganz frisch,
wenn d' merksch, wie kuz dös alt Jauhr war,
nau isch bei eis der **Januar**.

Wenn d' Knecht und d' Mägd im guate G'wand
in d' Fremde naus zum Schlenggle gand
und auf em Land fascht überall
eig'lade weat zum Schützeball,
wenn d' Kinder gera Maschkrar sind
mit bunte Larva auf em Grind,
nau hammer Fasnacht, des isch klar,
und mea de Monat **Februar**.

Wenn's überall a Starkbier geit
als Nahrung in der Faschtezeit,
weil d' Leit nix esset, in si gand,
wegs dr Wampe und em G'wand,
nau weat se schmäler, dia Figur,
doch stärker weat dr Tag, d' Natur,
wenn d' merksch, daß langsam Frühling weat,
nau isch der **März** it ganz verkehrt.

Wenn's Osterhäsle gar it laut
hinterm Haus sei Gätle baut
und eis die g'färbte Eier bringt,
der Chor des Halleluja singt,
nau kommet o mea d' Schwalba hoi
und fliaget bei der Stalltür nei.
Wenn's Wetter tuat, wia's hald krad will,
nau hammer g'wieß bei eis **April**.

Wenn d' Freinacht gar it lang vorbei
und alle Bube im Verei
im Doaf an scheana Baum aufstellet
und beim Tanze d' Mädla wellet,
wenn alle sauber sind beinand,
und d' Natur im geala G'wand,
nau eilt der Wonnemond herbei,
des isch bei eis dr Monat **Mai**.

Wenn's warm weat und a Heiat geit
und überall die ganze Leit
barfuaß, ohne Sock rumspringet,
Kinder d'Wanderlieder singet,
wenn dr Pfarrar mit Monstranz,
d' Musik, d' Mädla mit am Kranz
zur Prozessio im Doaf rumgand,
nau isch dr **Juni** mea im Land.

Wenn's Schuljauhr Richtung Ende gauht
und d' Musik Wertungsspiele haut,
wenn d' Schütze ihren Umzug hand
und alle Leit im Trachteg'wand
im Festzelt so "ein Prosit" singet,
wenn Polka, Märsch und Walzer klinget,
nau isch es g'mütlich und recht heiß
und Monat **Juli**, wia ma weiß.

Wenn d' Kinder groaße Ferien hand
und Urlaub isch im ganze Land,
wenn groaß und kloi zum Bade gauht,
weil's hald a rechte Hitz mea haut,
wenn du als Gast in Kempte bisch,
weil dau d' Festwocha alled isch,
und hausch zum Nixdoa richtig Lust,
koi Wunder, 's isch ja krad **August**.

Wenn's Koara reif weat und dr Wei',
wenn d' Sennar ihre Küh dend hoi
und d' Äpfel mea zum Moschte gand,
nau isch in Münche, weltbekannt,
mea d'Wies'n-Zeit; 's geit Steckerlfisch,
a süffigs Bier und des ganz frisch.
Nau weat's o Herbst so langsam mea,
es isch **September**, klar und schea.

Wenn ma zum Herrgott "Dankschön" set,
weil all's guat kraute, was ma g'sät,
wenn d' Mutter Ochsegurgla macht
und all's an Kirweih tanzt und lacht,
wenn d' Wälder wered goldig schea
und mea an nuie Wei tuat's gea,
wenn d' Luft schea klar isch und o frisch,
nau weisch, daß iatz **Oktober** isch.

Wenn d' Leit bei eis im dunkle G'wand
am Easchte auf de Friedhof gand,
nau kommet all vo weitrum hea,
dia ganz Verwandtschaft trifft si mea.
Wenn's neablig weat und o sche kalt
und d' Hase treibt ma durch de Wald,
d' Veteraner ihren Jauhrtag hand,
nau isch **November** mea im Land.

Wenn Rupprecht und der Nikolaus
am Aubed gand vo Haus zu Haus,
und jeden Sonntag an dem Kranz
oi Keza mehr brennt, mit viel Glanz,
nau kommt o 's Christkindle zu eis.
Dussa isch es kalt und weiß,
und 's Jauhr, des isch iatz bald am End'.
Dean Monat ma **Dezember** nennt.

Aufklärung

D' Waltraud isch a nette Föhl,
recht guat g'wachse, gar it kähl,
und moare tuat se Hochzeit feire,
sie freid si riesig auf des Heire.

Trotzdeam kommt sui zur Mutter rei,
dia frauget nau die Waltraud glei:
"Ja sag krad Föhl, isch ebbas los,
hausch gar an Kummer, sag mer's bloß!"

"I weiß it, wia i's sage soll,
i bi ja glücklich, alls isch toll,
doch i hau dau no oi Problem,
mir isch dös gar it angenehm...."

"Freilig Traudi, mir fällt ei",
set glei d' Mutter zwischenei,
"mir hand di no it informiert,
wia's mit der Liebe funktioniert,
du bisch noit aufklärt, mir weat klar,
daß dös dei großer Kummer war!"

"Noi", moint d' Waltraud, "dös braucht's it,
im Sex, dau bin i lang sche fit,
i hätt a ganz a andre Bitt:

Zeigsch du mir no schnell heit Nacht,
wie ma Leaberknödel macht?"

’s ältescht Handwerk

Am Stammtisch dra, im “Schwaze Bäre”,
hocket d’ Handwerksleit ganz gera,
denn dau schwätzt ma allerhand.

Am Sonntag wared mea beinand:
dr Zimmrer Veit, dr Maurer Hans
und “wiesawie” der “Starkstrom-Franz”.

(Dean heißt ma so, weil er am Tisch,
dr sell Elektromeister isch.)

All drei hand wohl a Bier sche g’het,
denn sie hand heftig mitnand g’redt,
was wohl dös ältescht Handwerk sei
auf derer Welt? Dr Hans moint glei:
“Mir Maurer, mir hand Tradition,
dös weiß ma aus der Bibel schon,
dean Turm vo Babel hand mir baut,
gmeatlet, gmauret, Stoiner ghaut.
Dia biblisch Geschichte set genau,
mir Maurer sind am längste dau,
’s ältescht Handwerk, dös sind mir,
Wiat, und iatz bringsch no a Bier!“

“Dös mag sche sei”, moint drauf dr Veit,
“doch i glob, daß was Älters geit!
Iatz denk bloß an eis Zimmerleit,
was moisch, wia ’Noah’ seinerzeit

LICHT

sei Arche baut haut, ganz aus Holz?
Auf Traditio, dau sind mir stolz,
und daß die Sintflut früahner war
als wia dei Turmbau, isch wohl klar!"

Dr "Starkstrom-Franz" hockt neaba dra
und horcht sich all dean Schmarre a,
z'maul set a: "Männer, losat hea,
d' Elektriker, dia haut´s sche gea,
dau haut von ui no neamad g'redt,
Gott Vater sell haut eis sche g'het.

Wia dea die Welt in drei Täg g'macht,
dau war's ja no kuahranzanacht,
nau haut er g'set 'Es werde Licht!'
und alls war installiert und g'richt."

Listenpreis

Dr Max, dös isch Rosinas Ma,
haut festg‘stellt, daß er numm guat ka.

(Dir wisset sche, was i dau moi?
Sei Kraft, Potenz, laut ean alloi!)

Auf dös na, und Rosinas Raut,
war klar, daß er zum Doktor gauht,
denn schließlich isch er no it alt
und o sei Rosl no it kalt.

Drum isch er nau in d‘ Stadt neigfahre,
um vom Doktor zum erfahre,
wie‘s denn undarum so stauht,
und ob und wia oft no was gauht.

Derhoi, wo er bei‘r Haustür nei,
kommt d‘ Rosina, frauget glei:
“Und was isch, was haut a g‘seht,
dr Urologe? Max, iatz red!”

“Dr Doktor moint, daß i als Ma
höchstens no a zwanzgmaul ka,
öfters weat wohl nix mea sei.“

D‘ Rosl set: ”Dös teil mer ei!
Dau tuat eis numm oft verbleibe,
Max, mir dend a Liste schreibe!

Wia ma’s am beschta deixla ka,
dau fang i iatz glei ´s Schreibe a!”
“Dia Liste hau i längst erstellt”,
ihr glei dr Max ins Woat neifällt.
“Doch auf der Liste, Weib, i glob,
dau stauhsch du frei numma dob!”

Anmerkung:
Dia Liste hand se längst vergessa,
dr Max duat iatz “Viagra” essa!

Früahner und heit

I denk mir oft, in derer Zeit,
wie war‘s früahner, wie isch heit?

Krad in dr G´sellschaft und Kultur,
wenn ma verfolgt so manche Spur,
nau merkt ma, daß in früahnerer Zeit,
so manches anderscht war wia heit.

Es zählt bloß no Erfolg und Geld,
und allad schneller weat die Welt.
Für d‘ Menschlichkeit bleibt wenig Zeit,
weil‘s o koi G‘mütlichkeit mea geit.

Freilig mag i iatz it klage,
doch als Beispiel könnt‘ i sage:

Früahner, dau hand d‘ Leit no g‘redt,
hand si troffe und dischkriat,
im Winter Gungglhäuser g‘het
und o Stammtisch-Täg beim Wiat.

Heit hand all die ganze Leit
globet mir, des isch koi Flax,
zum Reda mitnand nia mea Zeit,
bloß no per Internet und Fax.

Früahner sind bei eis dia Junge
vo Mai bis Herbscht, fascht allmitnand
in Lederhosa, barfuß g'sprunge,
des war's oinzig Werftaggwand.

Heit muaß dau a "Outfit" hea,
denn mit dr Mode will ma gau,
d' Werbung set eis "was isch schea",
der Geldbeutel muaß des verstau.

Früahner hand se dussa g'spielt,
für d' Kinder haut's nix Schöners gea,
beim Fußballe in d' Scheibe zielt,
Versteckeles war b'sonders schea.

Heit hockt 's Kind im Haus derhoi
und tuat mit'm Computer spiele,
vor em Bildschirm ganz alloi
nau auf dia "Feinde" ziele.

Früahner haut's zum Esse gea
a Meahlspeis und Kartoffel, frisch
vom Gätle duß a Gmüs recht schea,
hald alls, was bei eis g'wachse isch.

Heit geit's bloß no "Fast Food"- Esse,
mit Farbstoff und genetisch jung,
im Einweggschier, des kasch mitfresse,
und mit Chemie statt mit am Dung.

Früahner haut ma Lieder g'sunge,
a Lied, des oim o ebbas bringt.
In eiserer Sprauch, dau haut dös klunge,
ma haut verstande, was ma singt.

Heit, was aus em Radio haut,
de liebe, lange Tag,
isch bloß in Englisch und recht laut,
mit "Power-Play" und Schlag.

Früahner hausch di amüsiert
und Unterhaltung g'het,
am Theaterspiel beim Wiat,
des war luschtig, nett.

Heit bleibt ma derhoi im Haus
am Fernsehkaschte dra,
nau ziecht ma d' Fernbedienung raus
und luagat "Game-Shows" a.

Früahner, dau haut Blasmusik
im Bierzelt dinn a Musik g'macht,
mit Polka, Marsch und Solo-Stück
dia Leit begeistred, weit in d' Nacht.

Heit weat bei am Musikfescht
a Rockband meistens b'stellt,
mit "Hartmetall" für all die Gäscht
macht ma nau 's große Geld.

Früahner war bei eis am Land
der Sonntag allad b'sonders schea,
in d' Kirche bisch, im Sonntags-Gwand,
und mittags haut's an Braute gea.

Heit liegt ma im Bett recht lang,
will d' Kiachesteuer spare,
nau schimpft ma auf de Glockeklang
und tuat zum "Brunchen" fahre.

Früahner hand die ganze Leit
no ebbas Eigenständigs g'het,
an ihrer Muttersprauch a Freid,
im Dialekt haut ma bloß g'redt.

Heit weat meistens "Hochdeutsch" g'schwätzt,
mit Kinder b'sonders gera,
der Dialekt weat übersetzt,
d' Muttersprauch kasch numma hera.

Früahner, wenn ma si haut troffe,
nau haut ma "Grüaß Gott" g'set,
und isch ma nau aus'nander g'loffe,
war "Pfüat di Gott" dei Red.

Heit set ma "Hey" und o "Hallo",
wenn ma si trifft mitnand,
und beim "Futtgau" isch nau so
des "Tschüss" bloß no bekannt.

Es gäb no viel von “Früahner, Heit”,
doch dau derfür reicht eis it d‘ Zeit,
denn Zeit hand mir o koine mea.

Früahner haut‘s a Zeit no gea,
dau haut ma ´s Leaba leaba lau,
heit tuat ma derneaba gau.
Und jammre dend se, all die Leit,
daß koi G‘müatlichkeit mea geit,
es fehlt Verständnis und Geduld,
doch i moi, mir sind selber schuld!

Drum denket z‘ruck, und wearet g‘scheid
wie war‘s denn früahner, wie isch heit?

Holzbeichte

Dr Leo war beim Sägar Veit
20 Jauhr, des isch a lange Zeit,
und weil a iatz sei Renta mag,
isch heit sei letzschter Arbeitstag.

Nauch Fei‘raubet gauht Leo no
zum Sägar nei, in sei Büro,
denn er will sei restlichs Geld
und wisse, was ma von em hält.

Dr Sägar moint: “Du warsch it schlecht,
dei Arbat, dia war allad recht.
Bloß ois, des muaß dr sage,
des liegt mer arg im Mage,
dia ganze 20 Jauhr lang bei mir,
mei liaber Leo, hausch du dir
jeden Tag, i hau‘s vernomme,
a Täsche voller Holz mitg‘nomme.
Hoile hausch des Brennholz mit
und no g‘moit, i merk des it.

In 20 Jauhr sind des ungefähr,
was dau so z‘ammkommt b‘reits 40 Ster
an Brennholz, des du g‘stohle hausch.
I hoff, daß iatz zum Beichte gauhsch,
nau druck i all zwei Oge zua,
und dei Gwisse haut a Ruah!“

Dr Leo, der war roat im G‘sicht,
krad wia vor em Straufgericht,
er haut sich g‘schämt, vom Kopf bis Fuaß,
und weiß, daß a des beichte muaß.

Er isch dann glei in einem Drumm
schnurschtracks in Richtung Kiache numm,
dau trifft a de Hochwürden a
und frauget, ob a beichte ka?
“Freilig”, moint der, “komm krad rei,
und sag mer deine Sünda glei!”

“Herr Pfarrer, des was i ui beichte,
dia Sünd, des isch frei gar koi leichte,
denn i hau 40 Ster Brennholz g‘stohle,
iatz soll mi it dr Teifl hole!”

Dr Pfarrar, der tuat ganz tief schnaufe:
“40 Ster Brennholz, de‘scht an Haufe!”
Er schimpft glei an de Leo na:
“Wia ma bloß so dumm sei ka,
iatz warsch du doch dia ganze Zeit,
20 Jauhr lang, dunt beim Sägar Veit.
Dau hätt i hald an deiner Stell,
jeden Tag, ganz hoile, schnell,
am Aubet, so beim Hoiwärtsgau,
a Täsche voll bloß mit gau lau.”

Feststellung

In dr Wiatschaft “Luag-ins-Land”,
dau hockat d‘ Baure all beinand.
Dau weat nau g‘redt, wie‘s hald so gauht,
und wo der Milchpreis iatz krad stauht,
o kommt ma hinter Ochs und Kuah.

Glei jaumret Hias: “Gang mir bloß zua,
i hau a Kuah koft, und des nächt,
beim Viehmarkt, preislich war se recht.
Bloß iatz tuat‘s Luader bocke, schlage
und koin Stier mag se vertrage,
mit em Fiedle stauht se na
an d‘ Wand, daß ja koar komme ka.
Mit oim Woat g‘set, a blöde Kuah!“

Drauf set dr Xaver auf ean zua:
“Die Kuah hausch du vo Buachle dund!”
“Recht hausch Xaver, bisch a Hund,
wia weisch du des, des mecht i wisse,
sag, hand se die dau o sche b‘schisse?”

“Wohl, wohl”, moint Xaver und tuat fluache,
“mei Theres, dia isch o vo Buachle!”

Xavers Huat

Dr Xaver braucht an nuie Huat,
der alt‘, der isch eam nomme guat.
Drum gauht er in a Huat-G‘schäft nei,
d‘ Bedienung moint: “Was derf‘s denn sei?”
“An nuie Huat hätt i heit geara”,
tuat ma Xavere freudig heara.
“A dreiesechzgar müßt‘s hald sei,
die andre sind mir alle z‘kloi!”

D´ Bedienung gauht und kommt glei mea
und set: “An sölle tuat‘s it gea,
so groaße Hiat hand mir it dau.”
Dr Xaver moint: “Was nimm i nau?”

“A Zipfelkappe, statt am Huat,
dia isch bequem und paßt o guat!”,
so schreit glei d‘ Chefin vo ganz hind!

“Noi”, set Xaver, der nix find,
“i brauch sche ebbas für mein Grind!”

Fasnachts - Muffel

Mei, iatz isch mea Fasnachtszeit,
a Hierefuz bei alle Leit.
Für mi isch des, i ka's ui sage,
a Zeit, dia leit mir arg im Mage.

I mag nix wisse von em Ball,
vo Gaudiwurm und soscht am Knall,
i hau des dick, des Tanze, Hupfe
und o den Jägermarsch mit Schupfe
und all die Larve auf em Grind,
wo d' numma weisch, wea d' Leit all sind,
und in der Bar, des schwummreg Licht,
na Leit, die Fasnacht mag i nicht.

Mei Agath isch grad 's Gegenteil,
dia isch auf jeden Ball ganz „scharf".

(Heb, der Reim, der stimmt iatz nicht,
doch mach weiter im Gedicht!)

Wia g'seat, mei Agath, dia isch fit,
auf jeden Ball nimmt se mi mit,
und sui haut um, in Saus und Braus,
nächt waret mir im Schützehaus.

Dau war a Ball, wie all Jauhr mea,
o's gleiche haut's zum Esse gea,
dau muesch aufs Esse it lang wate,
denn Bratwischt sind bloß auf der Kate.

O d' Maskrar, dia sind all Jauhr gleich,
Baure Steffl kommt als Scheich
und sui als Haremsfrau in Tüll,
i weiß it, was dia Berta will,

seit 30 Jauhr haut se des sche a
und reizt dermit koin andre Ma.
Dr Brandl haut o ‘s gleiche Häs,
all Jauhr kommt dea als Chines,
und d’ Brandlera, des isch bekannt,
dia kommt in ihrem Kasperl-Gwand.

Becke Hans macht an Matrose
mit er blaue Ringelhose,
und Schneiders Karre, o recht fad,
kommt seit 20 Jauhr als Pirat.

Ja i hau mea mei Hemad a,
wo draufstauht: “So ein Superma“,
“Ich bin der Größte“ stauht o det,
i hau no nia was anders ghött.
O koi Farb kommt in mei Gsicht,
na, dia Fasnacht mag i nicht.

Des Tanze ka i gar it leide
und tua a jede Tour vermeide,
weil’s Koine o so recht guat ka,
drum fang i des o gar it a.
Dia Oine tanzet wie a Gaul,
dia Andre stinket aus ‘m Maul
und redet mibba nei ins Gsicht. -
Na, die Fasnacht mag i nicht.

Des Schlimmste bei dem Fasnachtstreibe
isch für mi des lange Bleibe.

Mei Agath überschlät si schier,
zeascht sauft se recht, viel Wei und Bier,
nau ische bis zum Kriegl voll
und auf alle Männer toll.

Ja in der Bar, mei dau gaut's zua,
was dau alls siehsch, des isch grad gnua,
agschleckt weat dau ananand,
mei Liaber, des isch frei a Schand!

Dr Brandl, der haut d' Maier Senz,
und d' Brandlere de Hubar Lenz,
und der jung Fips vom Metzgar Brose,
der wechslet's durch wia Unterhose.

Der Becke Hans im Ringelgwand
isch mit der Lehrarsfrau beinand,
und Badars Seppl, der vernascht
gar dia alt Jungfer Centa Gascht.
Und all Jauhr mea "küßt" Baure Steffl
wia a wilder Müllers Seffl,
er moint im Harem sei des so
und sui, dia blerat auf em Klo.

O mei Agath lauts recht krache,
mei Liaber, dau hausch nix zum lache,
dia weiß sche wean se "küssen" will;
wenn i was sag, nau heißt's: "Sei still!"
Nau weasch no gfobbet von de Leit,
i hau se dick, dia Fasnachtszeit!

Um halbe sechse morges nau,
dia letzschte Leit sind alle blau,
hock i am Tisch so ganz alloi,
nau kommt mei Agath und will hoi,
nauch vier Stund Bar isch sche hald miad,
nix Bessers haut se o it kriat,
drum isch sche iatz zu mir mea nett
und will o hoim in eiser Bett.
Nau gammer hald, ’s isch ja mei Pflicht.
Na Leit, dia Fasnacht mag i nicht!

Am gleiche Nametag um viere
tuat se si nau ‘s eschtmaul rühre
und sofort an Rollmops essa.
Dia Nacht, dia haut se scheints vergessa,
drum frauget se ob i des war,
nächt auf em Ball mit in der Bar,
dea ihr den Fleck an Hals na gmacht?

“Woher denn“, sag i, “dia ganz Nacht
bin i beim Ball am Tisch dra blieba
und hau derweil des Versla gschrieba,

über d’ Fasnacht a Gedicht,
des heißt: Dia Fasnacht mag i nicht!“

Ein Phänomen

Z´ Blonhofe, beim “Obre Wirt”,
dau war a Ma, bei deam hausch g‘spürt,
daß der it aus em Allgäu isch,
sei “geistreichs” G´schwätz am runde Tisch
war für d‘ Stammgäst der Beweis,
sell Fremder war a echter Preiß.

Bua, der haut Sprüch g‘macht an dia Leit:
“Wir Preußen, wir sind sehr gescheit,
mein Gespräch dies hier beweist,
ein Phänomen ist unser Geist!”

“A Phänomen, des hau i o!”
moint der Franz, “willsch wisse wo?”

“Wenn i im Winter ins Holz nausgang
de ganze Tag, 9 Stunda lang,
nau hau i in mei‘r Brotzeittäsche
an heiße Tee in Thermosfläsche.
Z‘ Moagas gang i futt vom Haus,
auf d‘ Nacht trink i dean Tee nau aus,
und iatza kommt glei der Beweis!
Dea Tee isch allat no ganz heiß!”

“Mein lieber Mann”, moint drauf der Preiß,
“für was war dies jetzt der Beweis?
Die Geschichte ist recht schön,
doch für mich kein Phänomen!”

“O doch, horch zua”, set Franz ganz stolz,
“im Sommer, wenn i gang ins Holz,
meistens bei ar ‘Prügelhitz’,
so daß i nau im Holz recht schwitz,

hau i in meiner Brotzeittäsche,
in der gleiche Thermosfläsche
a halbe Bier, bloß desmaul kalt,
denn es isch ja heiß im Wald.

Z´Moagas kommt des Bier kalt nei,
am Aubet, wenn i nau gang hoi,
isch des alled no ganz frisch.
Warum des iatza wohl so isch,
des isch für mi ein Phänomen!”

Der Preiß moint: ”So kann man’s nicht sehn,
vom physikalischen Gesetz
ist dies alles nur Geschwätz,
das kennt bei uns doch jedes Kind,
wie die Thermosflaschen sind.

Im Winter, wie ein jeder weiß,
halten sie Getränke heiß
und im Sommer eben kalt,
das liegt in der Naturgewalt!”

“Ja, ja”, moint Franz und macht a Zanne,
“doch woher weiß dia Thermoskanne
zweimal im Jauhr, allat mea frisch,
wenn Sommer oder Winter isch?”

Rechte Leit

Dr Hiasl trifft an Schulfreind mea,
sie ratsched mitanand, dia zwea.
Er frauget'n, wia's eam so gauht
und ob a o Famüle haut.

Drauf moint sei Freind: "Sche breit´s 20 Jauhr
bi i verheiret. Ois isch wauhr,
des Leaba, des vergauht arg g'schwind,
mei Tochter kriat iatz bald a Kind,
nau bin i Opa, angenehm,
bloß dau isch hald oi Problem:
Von am Schwaze sei des Kind,
du weisch, wia d' Leit dau eige sind."

Doch dr Hiasl set em glei:
"Daß des von am 'Schwaze' sei,
des macht doch nix, du weisch es geit
bei'r C S U o rechte Leit!"

Zielwasser

Dr Maxl isch a Schulerbua
und a Lausbua no derzua.

Sei Lehrer weiß des, drum haut er
de Maxl g'frauget: "Du, horch her,
im Schulhof dund haut gestern Nacht
ein 'Brunzius' in Schnee neig'macht.
In gelber Schrift war Maxl g'schriebe,
sag Max, hausch du dean Streich mea trieba?"

Dr Max moint drauf: "Iii war sche dea,
der bieslet haut in weiße Schnea,
doch g'schriebe haut, zum bess're Ziele,
vom Nauchbaur dean Hubars Marile."

Pizza - S(ch)tory

Aus Hefeteig, ganz flach und rund,
und nau belegt, gemischt und bunt
mit Pilz, Tomaten, Vorder-Schinke,
wohl am Knoblauch, schea zum Stinke,
gewürzt mit Käs und Oregano,
des sind Pizzas vom Silvano.

Und weil mir dia so gera wend,
und d' Kinder o begeischtret sind,
drum simmer nächt, mit alle drei,
ins Städtle zum Silvano nei.

Dea haut si g'freid, daß eisre Kind
all drei o desmaul komme sind.
Des easchte Maul im Restaurant,
weil mir so'scht Pizzas komme land
vom Heimdienst-Service zu eis hoi,
dau simmer untereis, alloi.
Doch desmaul hammer's ausprobiert,
und es isch folgendes passiert:

Um simna waret mir sche dau,
dau sei bestimmt nix los, moint d' Frau.
Doch des war falsch, an Haufe Leit
hand sche gesse um die Zeit.
Viel ältre Gäst hand fein diniert,
dia Meinig haut si fascht geniert,
weil mir mit eisre "brave" Kind
unter lauter "Noble" sind.

PIZZERIA
ZUR SONNE
INH. SILVANO

Ma hockt no it am Tisch ganz dra,
fangt sche dia Kloi zum bleara a,
weil se it so hocke ka,
denn sie will zum Papa na.
Dr Baschti haut se g'ärgret nau,
und 's easchte G'schrei war o glei dau.

Nauch schneller Lösung, wegs de Leit,
dau kommt nau glei dr nächste Streit,
es bleareт Tom, dös isch dr zweit,
weil ma eam koi Cola geit.

D' Mutter set, dös isch it g'sund,
und ma weat bloß dick und rund!
Drei kloine Fanta wered b'stellt,
und weam's it paßt und o it g'fällt,
der braucht nix! - Dr Tom tuat bleara,
ma ka's im ganze Gastraum heara.
Drauf moi hald i, mea wegs de Leit,
daß ausnahmsweis doch Cola geit.

Silvano kommt und frauget d' Kind,
was dia denn für a Pizza wend,
d' Mutter set, mir b'stellet vier,
dia sind recht groaß, dia teilet mir.

"I teil it", schreit Baschti glei.
"I mecht oine ganz alloi",
moint o dr Tom, und o dia Klei
schimpft in ihren Papa nei:
"I teil mei Pizza it, noi, noi,
i muaß ja allad sche derhoi

d’ Restla esse, dia’s no geit!”
Und sche mea die ganze Leit
schmunzlet hoile vor si na.
“Komm Silvano, fang iatz a,
bring fünf Stuck, mir werets esse.”
“Und des Cola it vergesse”,
befzget no der Tom derzua,
hoffentlich isch iatz a Ruah!
Silvano gauht und prompt kommt glei
Guiseppe mit der Trinkerei.
‘s Cola stauht noit richtig dra,
fangt ma mea zum streite a!
Ums Cola reißt ma mitanander,
weil oi Glas größer sei als ‘s ander,
drum ziecht ma hi und hea am Tisch,
bis des Glas hald g’falle isch.

Und mit oim Guß isch alls dervo,
über´n Tisch, doch schlimmer no:
um eis rum, dau lachet alle
wegs meiner nasse Hosefalle.

Mei Liaber, dau kriagsch frei a Wuat,
ka sei, daß glei an Schebbrar tuat,
doch d’ Muatter weiß glei eizumlenka:
“Was sollet bloß dia Leit mea denka!”
O Guiseppe kommt nau glei
mit am Cola Nummer zwei.

Nau war mea Friede kuze Zeit,
bis dr Tom auf oimaul schreit:

“Wann geit’s endlich was zum esse?
Dr Koch haut eis bestimmt vergesse,
i mecht mei Pizza, aber glei!”
“Und i Spaghetti”, schreit die Klei.
“Ja, Spaghetti mit am Fisch”,
moint dr Baschti no am Tisch!

“Was heißt Spaghetti, dir hand all
a Pizza b’stellt, nach uirer Wahl,
und koine Nudla, Sabbrament,
wissed dr bald, was dr wend?”
Sag i nau und kriag a Wuat,
bis glei mea an Schebbrar tuat,
umg’schidd war mei Weizebier,
dösmaul mit dr Hand vo mir.

Bua, eisre Kinder hand si g’freid
und freileg mea dia ganze Leit.
Voar lauter Lache fällt dia Klei
mit samt’m Stuhl in d’ Bloama nei
vom andre Tisch, dau war a Feier,
des Gebinde war scheints teier,
weil se all recht goschet hand.
“Die kommen sicherlich vom Land,
das Benehmen, ich muß sagen,
ist ja kaum noch zu ertragen!”
D’ Leit ringsrum, dia lachet mea,
doch selber find i’s numma schea,
i moi, daß mir gnua g’liefret hand,
und ‘s Beschte wär, wenn mir iatz gand.

“Das wär vernünftig”, set drauf Oine
vom Nachbaur-Tisch, a g’stumpet Kloine.
Doch des Frotzle vo deam Weib
haut mi bestärkt, daß i doch bleib.

I hau bloß g’set: “Her auf mit Gosche,
i zahl dr’n sche, dean ‘Bloamabosche’.”

Dr Tom und Baschti zannet na,
und drauf beschwert si glei ihr Ma,
was des dau für Zuständ sind,
schlecht erzogen sind dia Kind.
Doch Silvano lenkt glei ei,
spendiert der Frau an Schoppe Wei.
Nau war dia ganze Sach vergesse,
und endlich kommt iatz eiser Esse.

“Auf geht’s Kinder, fanget a,
hocket an de Tisch schea na
und Obacht gea, daß nix passiert!”
Drauf haut si dr Baschti g’rührt:
“I mecht a Ketschabb”, schreit a glei.
I sag, daß des it passend sei,
doch Guiseppe haut’s vernomme
und isch glei mit der Tube komme,
so oine, wo ma spritze ka.
Er legt se auf de Tisch flach na,
dia sell war aufg’füllt bis zum Rand,
dr Tommy schlät mit seiner Hand
auf dia Tube, haut guat droffe,
und dr Deckel, dea war offa.

Des Ketschabb spritzt nau in oim Strahl
vier Meter durch dean Speisesaal
und trifft a Frau mit weißem Kleid!
Dr Tommy haut si riesig g'freid,
wia weit die Tube spritze ka.

I gang zu der Frau glei na,
fang zum entschuldige mi a,
doch eine Watschen hau i kriat
und war vor alle Leit blamiert.

Zahle, futt, hau i bloß denkt,
Silvano haut eis gar alls g'schenkt,
denn der war froh, daß mir mitnand
sei Restaurant verlasse hand.

Wia mir nau Richtung Heimat g'fahre,
dau war i mir mit oim im klare,
sott's mea amaul a Pizza gea,
nau muaß d´ Heim-Service mea hea!!

Es gauht nix über's eige Haus,
die Pizza-Schtory isch iatz aus!

(Ähnlichkeiten mit lebenden Personen und Familien sind rein zufällig!)

Liebelei mit Noten

Mei liabe Mama, i schreib dir heit,
weil mi ’s Leaba numma g’freid.
I war verliabt, glücklich beinand,
bloß leider war’s a Musikant.

Tuba haut a g’spielt der Ma,
scheane Tönchen nauf und na.

Ganz ***mozärtlich*** war a zu mir,
a ***beethövlicher*** Kavalier.
Oft isch a mit am ***Strauß*** hoikomme,
haut mi mit ***Liszt*** beim ***Händel*** g’nomme
und übern ***Bach*** auf d’***Haydn*** g’führt,
am ***Schönberg*** dra glei a’bussiert.
Nau war a ***reger*** an mi na,
so daß i’n numma ***brahms***en ka.

Und iatza laut a mi alloi,
am End ***verdi*** no schwanger sei,
grieg vielleicht a ***Mendelssöhnchen,***
nau hau i meine Tuba-Tönchen.

I mecht nia mea so an Ma,
oar der Musik spiele ka,
Musikante mag i it,
wenn oar kommt, dann ***hindemith.***

Einkehrschwung

Dr Dillar Ludl, ka ma hera,
hockt beim Post-Wiat allad gera.
Dau kehrt a jeden Tag breits ei
und sei Agath, dia isch derhoi.

Nächt aubet, war dr Ludwig mea
mit seine Freind, arg lang und schea,
beim Post-Wiat und haut Sitzung g'macht.

Nauch wohl am Bier, weit in dr Nacht,
isch a nau Richtung Hoimat gange.
Derhoi tuat's d' Agath g'hörig blange,
bis dr Ludwig endlich kommt,
und sche stauht dr Kerle prompt,
mit sei'm Rausch und Katzejammer
vor em Bett in eana Kammer.

Des Ehebett, des isch dau it
wia wo anderscht in dr Mitt.
Weil se fascht koin Platz it hand,
stauht's im Eck, ganz an dr Wand.

So muaß Ludwig leise, stumm
über Sui in sei Bett numm.
Er nimmt an A'lauf und an Schwung
und hupft mit einem groaße Sprung
glei überse, ganz ungeniert,
so daß a Sui fascht it berührt.

Doch sie haut'n g'heat, dean Lalle,
und packt'n an dr Hosefalle:
"So, bisch endlich mea derhoi,
dia ganz Nacht laut ma mi alloi,
gell, wenn i dr 'Post-Wiat' wär,
nau fiel dr 's Eikehre it schwer!"

Späte Rache

An der Grenz ins Land Tirol
auf Österreich numm, ma kennt se wohl,
dau war der Sepp als Grenzar dra,
a urigs G'wächs, a rechter Ma.

Seit 30 Jauhr tuat a kontrolliere,
doch arg viel tuat sich dau nia rühre,
bloß oimaul isch ganz ungeniert
deam Sepp hald folgendes passiert:

An d' Grenzstell fährt a Auto na
mit am "Püscho" - alloi a Ma.
Dr Sepp set: "Ausweis, bitte schön,
kann ich den Führerschein auch sehn?"

Beim Blick in Paß weat Sepp glei klar,
daß seller Ma aus Frankreich war.

Iatz reißt der Sepp die Tür glei auf
und haut deam Ma de Ausweis nauf,
er fotzt ean links und fotzt ean rechts
und wünscht deam "Franze" bloß no Schlechts,
er macht dean Kerla krad zur Sau
und schreit: "Dir Lumpen, i weiß g'nau,
Andreas Hofer, eisern Held,
den habt's ihr umbracht auf em Feld."

Drauf moint der oi: “Ja, ja, wi, wi,
doch guter Mann, was denken Sie,
Napoleon war das, mit Gewehr,
fast 200 Jahre ist das her!”

Sepp moint:
“Des Gejammer kannsch dir sparen,
denn ich hab’s gestern erst erfahren.”

Mehr-Schweine

Beim Angrar hind, am Doafbach glei,
dau hockt dr Max und hiatet Säu.
Fünf Saua haut a, des sind gnua
für so an junge Hiatebua.

Doch Maxl haut am Hiate Freid,
und nimmt si für dia Suggla Zeit.
Er isch alloi und haut sei Ruah
und luaget deana Saua zua,
wia dia im Dreck si wargle dend
und drbei grunzet, wia se wend.

Wia er so drahockt bei de Säu,
kommt der Pfarrer krad vorbei
und frauget o den Kerle glei:
“Sag Maxl, macht des Hiate Spaß,
für dia Arbeit, kriagsch dau was?“

“A Fufzgerle kriag i pro Sau“,
set der Maxl drauf ganz schlau.
Dr Pfarrer moint: ”I weiß genau,
das sind zwei-fünfzig immerhin!
Du weißt, daß ich auch Hirte bin,

doch größer ist schon mein Salär,
als Pfarrer hab ich da schon mehr!"
Drauf set der Max zum Pfarrer glei:
"Bestimmt hand dir hald viel mehr Säu!"

Zweideitig

Dr Allgäuer, des isch bekannt,
haut vo all im Deutschen Land,
und des, des sag i mit Respekt,
de allerschlauste Dialekt.

“It viel rede, sondern denke,
si aufs Neatigschte beschränke,
liaber mit de Wörter spare
als an Schmarre zum erfahre!”
De’sch dr Leitspruch vo de Leit,
dia ‘s dau in dem Allgäu geit!

Drum haut in eiserm Sprachenschatz
o Einiges an Doppelplatz:

Zum Beispiel ruassle tuat a Ma
im schwaze Gwand am Hausdach dra,
wenn er ‘s Kaminloch sauber macht.
Doch wenn der Sell in später Nacht
vom Wiat hoikommt, feucht, fröhlich, nett,
nau schnarchlet er derhoi im Bett
und macht an rechte Krach derbei,
des heißt ma nau o Ruasslerei!

Dr Bode isch als Beispiel no
Humus, Erde oder so,
doch o im Haus, ganz unterm Dach,
flackt auf em Bode manches Sach.

RVA

Isch ebbar kähl, nau weiß ma glei,
daß söller it freigiebig sei.
Doch zu deam Geiz als Gegensatz
haut des Kähl sei no an Platz!

Denn Leit, die mit Gesicht, Figur,
von der Schöpfung, der Natur
it krad schea ausg'schtattet sind,
sölle hand an kähle Grind.

Isch Oine nau no korpulent,
mit am zwidre Temprament
und recht wulle, rauh beinand,
isch dia als Kachl eis bekannt.

It zum verwechsle mit deam Stoi,
der in der warme Stub' derhoi,
als ganzer Ofe eis recht g'freid,
und d' Stube heizt zur Winterzeit.

Dr Hafe isch a Topf aus Lehm
und zum Schmalzauslau' bequem.
In alle Forma tuat's dean gea,
kunstvoll g'maulet, wunderschea.

Doch o für manche Weiberleit
es die Bezeichnung "Hafe" geit,
schea und nett, des wär verloge,
denn dr "Umgang" isch verboge,
dr Charaktr it viel weat
und dr Sprachgebrauch oft g'scheart.

Doch iatza weg vo eisre Damen
dau geits ja no ganz andre Namen,
dia passet zu de Männer guat,
wenn oir zum Beispiel haure tuat,
nau ka des Haure durchaus sei,
er schlät seim Nauchbaur ´s Hire nei.
Doch hauret bei eam z´maul dr Schopf,
nau kriat a bald an kahle Kopf.

Was ´s Hire isch, des weiß ma wohl,
soscht wär der Grind dau dob ja hohl,
doch isch des Hire o bei eis,
wenn oir em andre krad mit Pfleiß
im Weg umgauht und nau ka sei,
er schlät dem Hirer ‘s Hire nei.

Nau tuat‘r gosche aus deam Grund,
mit seiner Gosche, de’sch dr Mund.

Als Hägel, dau bezeichnet mir
bei eis im Allgäu einen Stier.
Doch set ma Hägl o derzua
wenn oir an Rausch haut mehr wia gnua!

De Rausch ka sei bei eam und ihr
und freilig o bei dir und mir.

Wobei mer sche beim Thema sind,
was mir iatz für a “Fürwort” wend.
“Der Mensch”, des sind mir all mitnand,
als “homo sapiens” bekannt.

“Des Mensch” isch dergege nau
vom Geschlecht her eine Frau,
dia’s it so g’nau nimmt mit Moral
in Liab’ und Treue allemal.
“Menscher” haut´s sche allad gea,
und eisre Buaba findets schea.

Ob “der” ob “des”, isch doch egal,
ois stauht fescht auf jeden Fall:
Eiser Dialekt isch g’scheid,
weil’s haufeweis an Wörter geit,
dia zweierlei Bedeitung hand
im oinzig scheana Allgäu-Land.

Spätes Lob

Dr Huabar Franz, des war a Ma,
der seiner Lebtag voana dra
für d' Allgemeinheit g'opfret haut,
ob mit Tat oder mit Raut.

Sche in der Schual, in seiner Klass',
dau war dr Franz a echtes Ass.
Dr beschte Leasar und o Rechnar,
jauhrweis war er o Klassensprecher.
Er haut si ei'g'setzt und des wia,
doch globet haut ma Franzl nia.

Später nau im Sportverei
war der Franzl o derbei.
Haut beim Fuaßball Tore gschosse
und manch Aufstiegsfeier g'nosse.
Als Voarstand haut er sich was traut:
Sportplatz g'richt, Vereinsheim baut.

Er war im Einsatz, voll und ganz,
doch g'lobet haut ma nia de Franz.
O bei dr Musik war er guat,
a Musikant mit Fleisch und Bluat.
Ob Tuba oder Flügelhoare,
dr Franzl haut mit guate Oahre
gar alls g'spielt, was d' Leit so wend,
20 Jauhr lang war a Dirigent,
haut an Haufe Zeit nag'hänkt,
an a Lob haut neamad denkt.

DAS VATERLAND
DANKT DIR
1000 DANK
UNERSETZLICH
DEM TREUESTEN
DER TREUEN
In unendlicher
Dankbarkeit
OHNE DICH
NUR DIE HÄLFTE WERT
UNVERGESSEN
IN EWIGKEIT
DEM VORBILDLICHEN
BRANDLÖSCHER

In der Feuerwehr bei eis,
dau war der Franz o voller Fleiß
und als erster Kommandant
im Einsatz bei so manchem Brand.
Als Löschzugführer war er fit,
doch g'lobet haut ma Franzl it.

Dr Franz war dau für alle Leit
im Ehrenamt und mit viel Zeit.
Er haut si kümmret um dia Junge,
o im Kiarchechoar mitg'sunge,
Theater g'spielt und oft beim Wirt
g'sorget, daß sich ebbas rührt.
Spendiert haut er so manches Bier,
doch g´lobet haut ma'n nia derfür.

Er isch zur Ehr, doch o zum Zoara,
gar no Bürgermeister woara.
Koin bessre haut ma jemals g'het,
o als Kreisrat war a det
und politisch engagiert,
in seiner Zeit haut si viel g'rührt:
Schualhausbau und Strauße teera,
Kindergate, Wasser kläre,
teils mit Streß und o mit Zoare,
g'lobet isch dr Franz nia woare.

So guat war Franz, doch vo de Leit
haut's kaum a Lob gea, bloß viel Neid.
Ma gonnt em andre nia koi Ehr,
Erfolg macht oim des Leabe schwer,

und des Sprichwort isch bekannt
vom “Prophet im eigne Land”.

So war des früahner, so isch heit:
Statt am Lob geit’s meistens Neid.

Heb! Ganz so isch se it, dia Klag,
denn eascht am letzschte Donnerstag,
dau hand s´en globet, eisern Franz,
an Haufe Redner mit am Kranz
auf seiner Leich, am Friedhof dob,
dau wared alle voller Lob,
und jeder haut bloß ‘s Beschte g’set,
doch i moi, dösmaul war es z’spät!

Himmlischer Eintritt

Im Hieml dob, am Eingang dra,
stauht Xaver und a Pfarrers-Ma.
Dia zwea sind g'storbe, sell isch gwieß,
und iatz wend se ins Paradies.

Es kommt der Petrus hea an d' Tür
und set: "Was wend dir zwei vo mir?
In Hieml komme isch it leicht,
dau muaß i luge ob's gau reicht!"

Er gauht und holt sei Sündebuach,
dr Xaver macht an leichte Fluach:
"Sapraluft, des weat nix weare,
i muaß iatz all dia Sünde heara,

als Busfahrer, dös stauht wohl fescht,
war i it alled krad dr bescht,
hau ziemlich gloge an dia Leit
und Zuig verzellt, des gar it geit.
Und öfters auf ar längre Tour
verwöhnt manch weibliche Figur.

O bin i it krad langsam g'fahre,
i glob, dean Hieml ka mer spare!"
Drauf moint der Pfarrer: "Lieber Mann,
wie gut ich Sie verstehen kann,
denn wer ins Paradies will rein,
muß tadellos gewesen sein.
Ich als Pfarrer, bitte schön,
seh' bei mir da kein Problem!"

"Oh doch", moint Petrus, der krad kommt,
"ois sag i iatz dau glei und prompt:
In meim Buach, dau stauht geschrieben,
daß deine Schäflein, all die lieben,
in dei'r Kiache auf em Land
bei'r Predigt meistens g'schlaufe hand.

Beim Busfahrer war's anderscht rum,
der wenn über Paßstrauß numm,
nau hand se Angst g'het all dia Leit
und bloß no beatet, dia ganz Zeit."

Strafmandat

Z'Kempte, glei am Stadtrand duß,
stauht guat getarnt a Radar-Bus.
Es kontrolliert die Polizei
d' Auto Richtung Städtle nei.

Dr Hans fährt prompt und weidle schnell
in dia besagte Radar - Stell.
Drauf kommt dr Schutzma, hebt ean a,
em Hans dia Sei hockt neaba dra.
Der Polizischt isch noit ganz dau,
heat er vo weitem Hansls Frau.
Dia schimpft dean Hansl grausam hea:
"An größre Trottl tuat's it gea,
du bisch der Blödscht auf derer Welt,
des koscht iatz mea an Haufe Geld.
Ja wia ma bloß so fahre ka,
es geit ganz g'wiß koin dümmre Ma!"
So goschet sui an Hansl na.

"Mei Liaber", denkt sich der Schandarm,
"mit so am Weib bisch wirklich arm!"
Drum moint er o ganz mitleidsvoll:
"Auf dia Strauf verzicht i wohl!"
und set zum Hans: "Komm Ma, fahr zua,
denn mit deam Weib bisch g'schtrauft krad gnua!"

Der Hans fährt zua, und später nau
set er liebkosend zu sei'r Frau:
"I muaß mi wundre, mit deam Trick
hand mir seit Jauhr und Tag sche Glück."

Vergnügungssteuer

Dr alte Brandl isch a Ma,
der gauht sche guat auf 90ge na,
doch geistig isch der Sell no fit,
tuat leichtsam o a Späßle mit.

Krad vornächt war bei eam a Ma,
der fangt glei zum verzälle a:
“Grüaß Gott Herr Brandl, i heiß Meier,
komm vom Finanzamt wegs dr Steier,
denn mir hand iatz ausfindig g’macht,
daß bei ui jauhrweis mibba z’Nacht
Schnaps brennt weat im Kellar dund,
und des isch mei Fahndungsgrund!“

Dr Brandl set, des sei it wauhr,
dia Brennmaschi haut 17 Jauhr
koin Schnaps mea brennt, des weiß er g’nau,
bloß d’ Voarrichtung isch hald no dau.

Drauf moint der scheane Herr vom Amt:
“Ob der Brennofe nia flammt,
des müßtet dir mir zeascht beweise,
dau ka ma eisern Staat leicht b’scheiße!
Die Brennvorrichtung isch no dra,
drum Steira zahle, guater Ma!”

Dr alte Brandl, soscht a Tropf,
schüttlet fassungslos de Kopf
und schimpft auf eisern Vater Staat,
doch glei haut er a Fraug parat:

“Horch, du Finanzlar dau vo Beire,
muaß ma ’s Vergnüage o versteire?”
“Vergnügungssteuer”, set drauf dea Ma,
“dia fällt bei ui wohl numma a,
mit 90ge weat dau numm viel sei!”
Doch dr Brandl moint nau glei:
“Ob no was loft, weiß ma it g’nau,
doch d’ Vorrichtung, dia isch no dau!”

Loset Leit

(Ein Geburtstags-Gedicht)

Loset Leit, was i Ui sag:
Es isch a ganz b'sond'rer Tag.
's Geburtstagskind, des mir heit hand,
isch als .... bekannt.
Und weil des Jubelkind, ma weiß,
o recht beliebt isch, dau bei eis,
drum hau i Ihr/Eam des Versle g'macht
und überlegt dia ganze Nacht,
was ma gau alls wünsche ka;
iatz loset Leit, iatz fang i a:

I wünsch Dr glei an erster Stell
recht viel G'sundheit, dös weisch sell,
's Wichtigscht isch auf derer Welt,
daß ma's G'sundsei si erhält.

Freilig wünsch Dr o a Geld
zum Kofe, was Dir ganz gut g'fällt.

I wünsch Dr o a Freid am Esse,
tua des Faschte ruhig vergesse,
und denk it allad bloß ans Kraute,
gonn Dr zwischedurch an Braute
mit viel Soß und Semmelknödel
und derzua a Halbe Edel.
I wünsch Dir in Deim Leaba Glück,
wenn möglich nia a Mißgeschick,

es soll alls loffe wia der's denksch,
so daß Dei Leaba richtig lenksch.

I wünsch Dir o a bsondre Freid
an Deine Hobbys, dia's dau geit:
..................................und derzua
....................dös isch no it gnua,
für alls aufzähle, liabe Leit,
dau derzua hand mir koi Zeit,
und krad viel Zeit wünsch i derzua,
beim Mittagschlauf a scheana Ruah.

All dös wünsch i Dir iatz und heit,
und daß no oft Geburtstag geit
mit Deine Leit und Deine Freind
und 's Leaba lang bloß d' Sonne scheint!

Alles Gute wünsch mer Dir
und iatz kriagsch no a Liad derfür!

Alles singt:
(Zum Geburtstag viel Glück)

Manager aus Germany

Ein Vortrag in *Allgäu*-Hochdeutsch
mit Lebensversicherung

Ich weiß nicht, ob mich noch wer kennt,
denn ich bin jetzt im Management!
Bi' zwar früahner dau aufg'wachse,
doch dau mach i koine Faxe,
an meiner Sprache hören Sie,
daß i iatz ebbas Besser's bi.

Nix mea schwäbisch, Dialekt,
mit der Sprauch hausch koin Respekt,
vor d'r groaßa, weite Welt,
dia oin für was Bessers hält.
Ja des bin i, aber schon wie,
bin **Manager aus Germany.**

Ich bin geboren hier im Land,
ein kleines Kaff und kaum bekannt,
mit nix "knoff hoff" und Management,
das Leben hald fast eingepennt.
Drum ging ich auf ein Seminar,
und gleich danach war mir dann klar,
zum Erfolg, da braucht man schon
Glück, Verstand, Motivation.

HMI

VERSICHERUNGEN

Beeindruckt war ich von den Leuten,
für die Finanzen nichts bedeuten.
Mit Visa in der Westentasche
zahlen sie so manche Flasche
an der Bar im Grand Hotel,
dau vergisch de Wiat ganz schnell,
in eiserm Doaf, wo's Seitling geit
und allad bloß dia Handwerks-Leit
am Stammtisch dra, desch nix für mi,
bi' ***Manager aus Germany.***

Hummer, Kaviar und Sekt,
o wenn's oim zeascht gar it schmeckt,
das steht auf dem Speiseplan,
bei einem Job, den jeder kann.
Versicherung heißt die Devise,
verhindert bei uns jede Krise.
Ein Produkt für groß und klein,
denn jeder muß versichert sein.

All dies, ja, das lernt man schnell
beim "Semi-Weekend" im Hotel.
In knapp zwei Tagen ist man fit,
bekommt die Formulare mit,
im Verkauf ist man dann trainiert,
im Auftreten ganz ungeniert.
Man ist der "Größte", fühlt sich wie
ein **Manager aus Germany.**

Das Wichtigste beim Management
sind Jacke, Hose, Schlips und Hemd,
frisch gewaschen und frisiert,
gestylt, gepudert und poliert.
Und die Schuhe immer putzen,
zum Rasieren “Boss” benutzen.
Auch das “Outfit” mit dem Namen
kauft ich mir nicht für die Damen,
nein fürs Management allein
machte ich mich schick und fein,
denn die Kleider machen Leute,
und damit mach ich fette Beute.

Früher trug ich Lederhose,
eine kurze, eine große
und einen selbstgestrickten Kittel,
zu mehr, da fehlten mir die Mittel.
Auch hatt’ ich Löcher in den Socken
und an der Nase gelbe Glocken.
All dies ist längst vergess’ne Zeit
und für mich die Vergangenheit.
Denn heut’ bin ich im Festgewand,
mit einer “Rolex” an der Hand,
ja, die gehört zum “Macho-Mann”,
auch wenn da steht “Made in Taiwan”.

Was “Lacostet” uns die Welt
mit einem Hemd, das gut gefällt.
Das “Krokodil”, das oben steht,
ist ebenfalls nur aufgenäht,
denn es gehört zum Management,
daß jeder diese Marken kennt.
Ich hab’s geschafft, und das wie,
vom Baurebua zum “Grand Genie”,
zum **Manager aus Germany.**

Vom Seminar her motiviert,
hab’ ich den Verkauf gleich probiert,
wie man das am besten schafft,
drum ging ich in die Nachbarschaft,
klopf’ bei Frau Meier höflichst an
und frag, ob ich sie sprechen kann?

Die gute Frau, sie sagte bloß:
“Ja Bua, was isch mit dir denn los,
stauhsch dau dra und gauhsch it rei,
du weasch doch it a Fremder sei?
Du warsch doch oft sche in deam Haus
und übrigens, wia luagesch aus?
Ganz mit Anzug und Krawatt,
mei lieber Bua, iatz bi i platt!”

Frau Meier konnt´ es nicht verstehn
und hat in mir den Bub gesehn,
den sie noch von früher kennt,
sie wußte nichts vom Management!

Nur Hochdeutsch hatte ich benützt,
Rhetorik heißt man's abgekürzt.
Doch die Frau war sehr entsetzt,
hau i doch früahner anderscht g'schwätzt.
Ab und zu, *des ka schon sei,*
war o schwäbisch mit derbei.
Doch sie war sprachlos, aber wie,
vom **Manager aus Germany.**

Einen Vertrag auf zwanzig Jahr,
machte ich Frau Meier klar,
das wär das Richtige für sie,
dann kann sie leben wie noch nie,
in zwanzig Jahr gibt's Dividende,
dann ist mit der Arbeit Ende,
Luxus heißt dann die Devise
ohne finanzielle Krise,
für unbesorgte Altersruh'.
Frau Meier stimmte mir gleich zu
und unterschrieb das Exemplar
trotz ihres Alters, 80 Jahr,
mit ruhiger Hand, so schön wie nie,
beim **Manager aus Germany.**

Ein Manager hat's niemals leicht,
doch hab ich jetzt schon viel erreicht.
Nicht ich tu' die Police verkaufen,
nein, meine Leute für mich laufen,
die ich geschult hab', das ist klar,
beim letzten Weekend-Seminar.

Mit dabei sind auch die Freunde
aus der früheren Gemeinde.
Maurer, Bäcker, Küchenschaben,
Postler und auch andere Knaben,
die sind begeistert, und das wie,
vom **Manager aus Germany.**

Ich hab's geschafft, verdiene Geld,
mir steht sie offen, diese Welt
und fühle mich so als großer Stenz,
ich fahr' ein Auto, Marke "Benz".
Pro Monat ein paar Tausend Mark
für das Auto, groß und stark,
muß ich zahlen, das ist klar,
doch es fährt sich wunderbar.

Ja, wer den Luxus einmal liebt
ist froh, daß es ein Leasing gibt,
denn wichtig ist beim Management,
daß die Außenwelt erkennt,
man hat Erfolg und das mit Recht,
freilig gauht's mer manchmaul schlecht,
dau stand i an dr Tankstell dra,
und weiß numm, wia i tanke ka.
Weil i hald koi Geld mea hau,
laß i nau dean Karre stau
und gang z' Fuaß zu meine Leit.
Z' Mittag bloß no an Apfel geit.
Wenn oir was moint, sag i derzua,
daß i des weg's dr G'sundheit dua.
Daß i koi Geld hau, sag ich nie
als **Manager aus Germany.**

So, iatz bi' i dann am End
mit mei'm kloine Management.
I hoff, dir hand iatz alle g'spürt,
was mit oim doch all's passiert,
wenn ma nauskommt in dia Welt
und an Job haut mit viel Geld.

Zum Beweis lad i ui ei,
es geit Champagner und an Wei,
was des koscht, isch mir egal,
bloß bräucht i jemand in deam Saal,
der mir vielleicht a weng was leiht,
mit meine Märkla gauht's it weit.
Er kriat's mea z'ruck, mit Garantie,
vom **Manager aus Germany.**

Schluß - Fremdwort

Es geit bei eis im Allgäu-Land
a Wörtle, des isch arg bekannt,
es isch bei Gott doch gar it schea
des Woat, es g'heart o it dau hea,
und trotzdem, überall weat's g'schwätzt,
i hau des Wörtle übersetzt:

Mit "T" gauht's a, wie "traurig" hald,
nau kommt a "S-C-H" alsbald,
des heißt soviel wia mir isch "schlecht",
es paßt des "Ü" iatz drauf ganz recht,
denn des, des stauht für "Übelkeit"
in eiserm Sprachgebrauch der Zeit.

Nau folgt des scharfe "ß" zum Schluß,
des Woat, des isch dr reinst Verdruß,
denn set ma's zema, klingt's fascht so,
als hätt ma Durchfall auf em Klo.

Dia Junge saget's und dia Alte,
und so wia's scheint, weat ma's o b'halte.

Mir saget's it vom Mundartkreis,
denn mir sind ja o koi Preiß!

Mir machet futt im alte Trott
und saget lieber "Pfüat di Gott".